KB027822

류재덕 시집

바람, 길목에 서다

바람, 길목에 서다

한누리미디어

국립중앙도서관 출판예정도서목록(CIP)

바람, 길목에 서다 : 류재덕 시집 / 지은이 : 류재덕. -- 서울 : 한
누리미디어, 2018
   p. ; cm

용인시, 용인문화재단의 문예진흥기금을 지원 받아 발간되었음
ISBN 978-89-7969-785-8 03810 : ₩10000

한국 현대시 [韓國現代詩]

811.7-KDC6
895.715-DDC23   CIP2018035405

시인의 말

그저 생각은 앞서고 마음은 급하고
차일피일 미루다 여기까지 왔다
좋은 시라고 써 봐도 졸작이니
세상에 내놓기 쑥스럽다
그래도 늘 잘 써 보려고
노력을 하고 있다
부족한 작품이지만
내 품을 떠나
모든 분들의 따뜻한 격려를 바란다.

2018년 초가을

석성산 기슭 서재에서 류 재 덕

차례

제 **1** 부

일상의 변주곡

제2부

계절의 노래

차례

제**3**부

산사랑 가족사랑

삶의 바깥세상

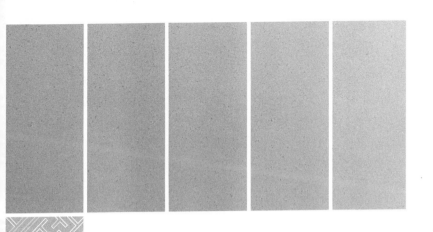

제1부
일상의 변주곡

바람, 길목에 서다

버들가지 흔들며
새싹 틔우는 소리
봄 소식 전하는구나

높고 낮은 기압골
먼 남쪽 바다에서
바닷길 열며 태풍 안고 오네

혼자서는 외로워
비, 구름, 안개
언제나 몰고 다니지

하늘 높은 가을엔
너 홀로 오렴
외로운 들판에
꿈꾸는 허수아비 있으니…

눈 덮인 설원
휘몰아치는 바람
그래도 끝자락 언덕
무지개 뜨겠지

장마에도 배롱꽃이

유월에서 구월까지
장마는 연중행사 아니던가
제주도 남부에 장맛비 소식
말라가는 논, 밭 그리고 저수지
북쪽으로 올라와 비 뿌리기만 기다리네

어느 샌가 하늘엔 검은 구름
도심에도 비 내리고 농부 일손 바빠지네
축 늘어진 가로수 잎에도
생명수 드리워

계곡 물 속삭이고
발길 재촉하며 흐르고 있네
땅 위에 살아있는 나무 사이
고마움과 감사하는 마음 이어지네

장맛비 구름에 가려
얼굴 한 번 내밀지 못한 햇살
분홍 꽃잎 피워내는 배롱의 아름다움
지리한 장마 너 언제쯤 그치려나

상사화相思花

수천 년 삶의 자취
잎이 피면 꽃 지고
꽃 피면 잎 보이지 않네

겨우내 얼었던 땅
살포시 비집고 나와
고개 들어 살피네

봄바람에 무리 짓는
무성함
꽃잎 맞을 채비에 들썩이면
살그머니 사라져
말라 붙어 흔적 없는 잎

그 사이 놓칠세라
꽃대공 불끈 솟아올라
탐스러운 꽃 피우지

그리운 임 부르는 꽃나팔
노오란 눈물 솟구친다

함께할 날 기다리는 슬픈 이별
저만치 가고 있음이니…

글 새김

쓰고 새기는 일 단순 작업이라도
서필력書筆力 자랑하며
선, 형, 점, 질감, 색을 뿌린다

칼자국 끌자국
음각 양각 음양각으로
조화 이룬다

글꼴 짜 맞추어
깎아내고
틈 메우고
모양 다듬어
예쁘게 치장하여
아름다움 보여주는 기술

광화문 숭례문 흥인지문 현판
새긴 이의 넋 깃들어 있음이니…

사랑과 정성 혼마저 실어
어둔 세상 환히 꽃피우려

땀 흘리고 공들여 끌질했다네

글 새김은 정녕 예술이더이다

슬픔과 즐거움 함께하며
모양새 향기 널리 퍼져 가도록
크고 넓은 뜻 아로새긴 글 담금질
보람된 삶의 그릇 되어지이다

묵상墨想

회오리 돌풍
붓을 세워 휘몰아친다

잠결에도 눈 뜨고
붓길 따르며
끝간 데 없이 움직인다

누워 물 적신 화선지
벌떡 일어나
바닥 영혼까지 불사르고

서예가의 묵상墨想인가
황홀감인가
큰 붓 들고 걸터앉아
푸른 하늘 올려다본다

허공에서
붓끝 요동치며
다시 불붙는다

처음처럼 천천히
고요한 묵墨 세상으로

서재에서

나이 들어 사는 낙樂 무엇이냐

숨차게 걸어온 발자국 소리 들린다

마른 장작 활활 불길 잘 일고

해묵은 포도주 마시기 부드러우니

옛 친구 믿을 수 있지 않느냐

연로한 이의 시도 자주 읽어야 함에

한낮이 미련 없이 달리는구나

긴 겨울 버티어내면

여름날 흘린 땀의 자국

그 진한 속마음 살펴야 하네

어허, 벌써 찾아온 노년의 언덕

차곡차곡 쌓아두어야 할…

돈 아닌 지혜가 아니더냐

욕심부터 저 멀리 내던지고

베풀고 봉사하는 일 앞세워야 할지니

보라, 창가 밖에 눈부신 해가 뜬다

휴대폰

먹고 사는 것보다
없어서는 안 될 존재

새벽 잠 깨어 만지작거린다
문자 받고 답신 쓰느라
손 끝자락 바쁘고
더 빠른 속도와 보다 좋은 화질,
황홀한 터치감 누리려
신제품부터 검색하네

처음 나왔을 때만 해도
가방에 넣고 다니며 자랑했었는데
갈수록 작고 얇게 그리고 가볍게
예쁜 모습으로 변하고

오락 게임 뉴스 메일
휴대폰에 빠져 노예가 되는 세상

먼 옛적 청색 백색 전화시절에는
목소리만으로도

안부 전하고 정담 나누며
잘도 지냈는데
이젠 휴대폰 없이 살 수 없는 세상
나 자신 문명의 이기利器 앞에 고개 젓누나

간이역

강촌, 연무대, 심포리…
추억의 간이역

기적소리 울릴 때마다
떠오르는 지난날의 그리움

비, 바람 모진 세월
스쳐간 따스한 손길

기적소리 울릴 때면
가슴 뛰어

어디론가 옛 생각 찾아
떠나고 싶다

기도하는 삶

임이여, 당신의 사랑 앞에 섰습니다
오늘 하루 당신을 위해 무엇을 할까
해야 할 일 힘들지라도
감히 청하는 기도를 올립니다

사랑으로 오신 임께
고달픈 삶과 슬픔 어이 아뢰리오
당신이 원하면 무엇이든 기꺼이 받자와
하늘 우러러 감사하며 살겠습니다

제가 비록 영혼 없는 로봇이라도
분명한 건
당신을 사랑함이외다
내 삶에 지극히 경이로운 단 하나의 사랑

임이여
당신을 믿고 따르겠습니다
나의 삶을 올곧게 바꾸겠습니다
임을 위해 같은 마음 지닌 사람 있다면
기꺼이 그와 함께 길을 가겠습니다

한잔의 유혹

오늘 하루만 딱 한잔

해질 무렵
저녁놀 바라보며
간절한 마음으로
문밖을 내다보네

터벅터벅 발걸음
혼자만의 시간
술에 취해 집으로 향하네

침대맡 벌러덩 쓰러져
드르렁 드르렁
코 골며 잠든다

누군가 잠 깨우면
햇살에 눈 비비며
마지못해 일어나네

어서 정신 차려

수십 년 다짐한 약속
어제 아닌 오늘은 달라야

오늘도
술과 함께
머무는 시간

사랑

진정한 사랑
완전한 사랑이란 무엇인가

외모에 끌려 사랑에 빠지고
발길 채이는 돌멩이처럼
그 흔한 사랑
쉽게 흔들리고 말지

하지만 소통하고
하늘의 이치를 따르는
흔들리지 않는 사랑이
분명 존재한다고 믿는다고

스스로 찾아오지도
경험할 수도 없지만
그런 사랑 느낄 수 있다면
큰 축복이지

예술세계
영혼세계에도 속속들이 스며 있는

영원한 사랑

그런 사랑 바란다오

이팝꽃

여름의 문턱
나뭇가지에
흰 눈 피어 있네
푸르른 잎새 누르고
하얀 눈꽃송이 올라 앉았네

벚꽃 져 아쉬울 때 즈음
이팝꽃 태어나
씨 뿌리고 못자리 시작할 때 되었다
농사철 알려주네
너 이팝꽃 활짝 피어 자태 뽐내니
올 농사도 풍년들어
가을 밥상 풍성해지겠지

겨우내 슬픈 사연
흉년 걱정 털어내고
정성들여 농사지으라고
입하立夏 절기에 피는 꽃
니팝나무, 니암나무, 뻿나무라 불렀다네

전남 승주군 평중리
천연기념물 제36호
수령 400년 이팝나무
모진 비바람에도 잘도 버틴
활짝 핀 너의 아름다움
올해도 풍년 기약하리니

오랜 풍상 이겨낸
이팝나무 너의 큰 사랑이여

걸음을 멈춘 채로

불현듯 생각나는 사람
왠지 그리워
멍해질 때가 있다

봄바람 스칠 때
새싹처럼 솟아나는 그대 향기

출렁이는 파도소리 함께
와락 달려올 것만 같아

누렇게 물든 들판
허수아비 손짓하고

흰 눈 꽃송이 아련한 마음도
허전함을 채워 주질 못해

강물처럼 흐르는 세월
가끔 생각나는 그 사람

어디서 어떻게 살고 있는지
걸음을 멈춘 채로 생각에 잠긴다

춤의 세계

내 사랑을 앗아간
그녀의 춤은 멈추었지만
당신을 원망하진 않아

나에게 날개 달아준 건
오직 그 열정이었으니까

다시 보고 싶은 그녀의 춤
하늘 위의 구름 같아

춤사위 그늘
사라진 것 아니라
스쳐난 것일 뿐

춤 속에 새로운 세상 있었네
사랑스럽고도 아름다운 나래짓
아직도 끝나지 않았는가

호수 거울

물그림자 어려
내게로 다가오네

호숫가 수초들
무성히 자라
갈대옷 갈아입고

저녁놀 길게 비친
그림자 사이
아롱이는 옛 모습

그대와 마주치던
추억어린 뚝방길

호수는 언제나
나를 보는 거울
외롭고 쓸쓸해도
그리움으로 다가오네

말의 씨

비, 내립니다

땅 적시어 기름지게
싹 틔워
열매 맺습니다

말도 씨 되어
어딘가 자라고 있습니다

사랑의 열매
따스한 마음
온 세상 가득 퍼져났으면…

다시 볼 수 있다면

너는 갔구나
꽃 피고
바람 부는 날

온 들에 생명의 싹 움틀 때
너는
떠나갔구나

간다는 것은
눈앞에서 사라진다는 말
만날 수도 볼 수도 없는 곳으로

한 마디 약속도 없이
훌훌 떠남은
어인 일인가

기다리면 오려니
망설여 보지만
눈물은 마르고

새잎 돋는 어느 날
그린 듯이
먼발치로 오시려는가

그대여

제2부
계절의 노래

봄 물레

겨우내 얼었던
몸과 맘
따스한 봄빛 따라
두부김치에 소주 한잔
웃음꽃 피네

내 고향 남쪽 바다
애창곡 흘러나오면
콧노래 흠흠
어깨춤이 덩실덩실

동구밖 과수원
가지 치는 손길에
움 트는 새싹
물레 잣는 소리

눈 녹인 들판으로
맑은 물길 흐르고
가을걷이 풍성함을 맞으리라

봄 물레가 돌아가네

봄의 전령사

변산반도 바람꽃 피었다
겨우내 낙엽 덮고 잠자다
추위에 떨며 햇볕 마중 나왔다

살며시 내민 보드라운 얼굴
초상권이라도 가지려는가
잘 찍은 사진 한 장
천지간 알리고 싶다

언덕 너머 이곳 저곳에서
아나운서 고운 목소리 타고
봄소식 들려온다
새움 돋는 파릇한 봄이라고

꽃샘추위 아랑곳없이
얼음 깨지는 소리
변산반도 바닷가에 바람꽃 피었다

봄비

비……
목마름 축이는 비
만물을 푸르게 움트게 하는 비
생명 솟구치게 하고…

헐벗고 굶주린 대지
휩쓸고 지나가는 비
넘쳐 흘러 원망 듣는 비가 아닌가

넘쳐도 모자라도
놀랍고 무서워
빌어도 보았다
어서 오라고도
멈추어 달라고도…

너를 내몰던 무한의 힘이 오늘 봄비로 내린다

대지 촉촉이 적시며
임이라도 오시는 듯 사뿐히 내리는 봄비
기다림 속에 속절없는 봄비는
천지간에 그리움을 깃들게 한다

때 맞춰 일궈야

남새 심어
가꾸는 데도 때를 맞춰야 한다

때 맞춰
시집 장가 짝 이룬다

심을 때 심고
거둘 때 거두어야 하느니

3월에 심어 5월 두 달에 거두는 아스파라가스
순무 가지 토마토 당근은
3월에 심어 가을에 거둔다

오이와 양파 감자 심는 때 제각각
거둘 때도 각각이니
그대여, 시시 때때
철 맞춰 들고 나는 일
소홀히 말지어다

　　*남새 : 푸성귀 나물 따위

호수공원

용인 동백에 자리한
수초 향기 맑은 호수
곱게 단장한 저녁놀
색소폰 소리 흥 돋우네

연인끼리
가족끼리
손잡고 빙글빙글
물가 돌고 돌아
만나고 헤어지는
호수 산책길

네온사인 비치는 넓은 광장
흘러나오는 음악에 맞춰
날씬한 몸매의 지도강사 구령 따라
흥겹고 황홀한 율동에 빠져
어느새 동네아줌마 날씬해지네

무성히 자란 갈대
얼마나 행복한가

물속의 잉어도
한가로이 수초를 헤집고

음악에 이끌려 춤추는 분수
빨강 파랑 물기둥 솟구치고
원 그리며 공중제비 돌아 내리네

감미로운 자연 속 멜로디에
무더위 씻어주는 한여름밤 호수공원

삼계탕

삼복더위에 삼계탕

먹거리 찰떡궁합 아니던가

몸 허약해지고

기력 없을 때 즐겨 먹는 보양식

어머님이 모이 주며 정성 들여 키운 닭

뱃속에 인삼 대추 황기 갖은 약재 넣어

꽁꽁 동여매어 푹 고아 옹기그릇에 담고

땀 뻘뻘 흘리며 먹는 진미

몸도 거뜬 마음도 거뜬

뒷동산 옻나무 엄나무 토막내 삶은 국물

어 시원하다 감탄사 연발

인삼주 한잔에 흥 절로 나매

동백아가씨 애창곡 소리 높여 부르고

덩실덩실 어깨춤 추는 복날 삼계탕

더위 쫓는 이열치열以熱治熱 선풍기라네

가을

들녘 불어오는 풍년 바람
먹구름아 물러가다오
세찬 비바람도 멈추어주렴

따스한 가을볕에
익어가는 오곡백과
밭고랑마다 함성 터지네

구름 사이 쏟아지는 햇볕 받아
탐스러운 너의 얼굴
잘 익은 열매 가지마다 주렁주렁

허수아비 덩달아 으쓱으쓱
바람결 어깨춤의 우스꽝 몸짓

들판의 참새떼
허기진 배 채우려 겁 없이 달려드네
펄렁이는 바짓가랑이 바로 옆이라도

가을바람 나부끼는 들판

농부님네 주름살 펴주는
풍년 들녘

해바라기

겹겹 노란 꽃잎
알알이 박힌 씨앗
고개 떨구고
기다림에 지쳐도
환하게 웃고만 있는
해바라기 순정
해님 사랑

낙엽 지는 날

가을 깊어가면
이별의 아픔인가
나뭇잎 붉게 물들고

하늘을 수놓고 다니던 구름도
곱게 단장한 단풍숲 들러
한숨 쉬어가지요

비바람 씻겨
갈 곳 없는 나그네 잎새
물기 마른 입술 포개어
짙은 색 더하고

애틋한 그리움도 접어
선선한 가을바람에
날려 보내며

향 짙은 커피 한잔
허전한 마음 달랩니다

가을비

주르륵 주르륵
가야금 리듬에 맞춰
청승맞게 떨어지고

소주에 삼겹살 생각나는
퇴근길 내리는 비
하염없이 번지며 오고 있다

겨울의 문턱 눈 오기 전
마지막 빗방울
그래서일까
더욱 시리게 내리고 있다

가을이 가고
겨울이 온다는 알림
춥고 을씨년스럽다

지하철에 두고 내린 우산처럼
그리운 연인 찾아
걸음 재촉하는 가을비

잠들면 그치려나

송편 만들기

팔월 한가위

고운 햅쌀가루 반죽 만들어
마르지 않게 수건으로 덮어놓네

온가족 한자리 모여 빚는 송편

손주 녀석
유치원에서 배운 솜씨

밤알만큼 뭉치고
콩, 팥, 깨고물 속 채워
주무르고 오므려 빚는 솜씨
식구 수만큼 만들 거야

할머니 손길
송편 위에 솔잎 한 줄
솔향기 속에 익어가는 송편

오순도순 이야기꽃 피우며
송편 빚기로 한마음 이어주는 추석

옛날의 맛

하얀 메주콩 잘 씻어
푹 삶고 불려
물기 빼고

담요 이불 뒤집어 씌워
며칠 띄우면
발효되는 메주콩

콩 속에서 끈끈하게 쭉-
나오는 실
신진대사 도움에 항암 뇌졸중 예방까지
효험 있다는데

두부 숭숭 썰어 넣고
간 맞추어 끓인 청국장

겨울철 이만한 음식 또 없다네

가을밤에

나뭇잎이 떨어지며
작별 인사
스치는 바람소리
짐짓 놀란다

색색옷 갈아입은
잎새
어머니 품 매달려
아쉬움 나누고

이리 저리 땅에 떨어져
모이고 흩어지며
형 아우 손잡고
이별의 정 나누네

바람에 쓸리는 별빛
언덕에 내려
속삭이며 달래주는
잎새 품은 가을 밤

추억의 어묵

찬바람 불 때 포장마차
어묵에 소주 한잔
어울리는 한 쌍이네

생선살 으깨어
설탕 소금 녹말로 반죽하고
엉기어 굳어진 연육

성인병, 심장병 멀게 하고
어린이 성장발육 도우니
튀긴 어묵, 찐 어묵, 군 어묵이
모두 건강 지킴이
고소한 맛내며 뽐내는구나

눈 덮인 산기슭 둘러친 포장마차
꼬챙이에 끼워 호호 하하
등산객의 입맛 돋우네

일본에서 오뎅 가마보꼬
태국에서 피쉬볼

인도네시아에서 박소
베트남에서 차오톱
나라마다 이름 달라도
독특한 멋과
맛을 뽐내지

추운 겨울
추억의 어묵 속으로
숨어 들어가고 싶다

고구마 추억

흰 눈 얼어붙은
추운 겨울날
호호 불며 먹던 군고구마

어린 싹 줄기 심어
물 주고 밟아 주면
흙냄새 따라가며 잘도 자라지

땅 위로 담쟁이 걸음으로 줄기 살찌우고
그 잎들도 무성해지고 깊은 숲 이룰 제

넝쿨 걷고 캐는 날 오면
주렁주렁 일렬로 매달린 실한 고구마

애송이 호미질 실수로
하얀 속 드러나면
못내 아쉬웠던 아련한 기억

잘 나고 못 난 놈 어디 있나
앗, 뜨거 호호 불며

쩍쩍 달게 빨던
겨울철 군고구마

가을의 노래

깊어가는 가을
푸르름 울창한
공작 나래처럼 오색으로 물들고
스쳐가는 소슬 바람

지나간 추억을 간직한 채
고독한 내 마음을 헤아린 듯 몰려온다

모퉁이에 수줍게 핀 하얀 들국화
함초롬히 나를 반겨주며
한해를 기다렸노라 속삭인다

에덴동산이 이렇듯 아름다울까
물감을 뿌려놓은 찬란한 색깔
아름다운 저 산자락엔
그리움을 느낀 채 떠나는 발길

덧없이 머물게 한다

이별의 계절

단풍 속에서
떠돌던 흰 구름도
멈춰 섰다

색깔의 변함은
이별의 시작인가

모진 비바람
겹겹이 누워
깊은 정 아우르며
이별 속삭인다

사랑도 잠시
싸늘한 가을바람
고독한 마음
허전한 가을밤

고향 생각

철부지 어릴 때 뛰놀던
시골 고향마을

언제 철드냐
동네 어르신 입버릇 잔소리
삼십육계 줄행랑

내 고향 가중리佳中里

아름다운 경치 품은 동네
산세 수려하고
맑은 시냇물 흐르는 곳

어린 나무 아름드리 거목 되었고
산과 들 그대로이건만
잔소리 어르신 다 떠나시고
옛 친구들 흰머리에 주름살만 늘었구나

눈^雪을 보며

푸르름 스쳐간 산자락
눈 내리고
앙상한 나뭇가지
피어나는 새하얀 눈꽃망울

바람이 창을 흔들고
어둠이 깨어나면
눈꽃송이 활짝 피어나

환한 미소로
끝없이 내리는 꽃가루
그대와 함께 걷던 거리
하얀 양탄자로 길을 밝히네

나무 위 아름다운 눈꽃
깨끗한 마음
은빛으로 물들이는
새하얀 세상

축복으로 내리는 눈

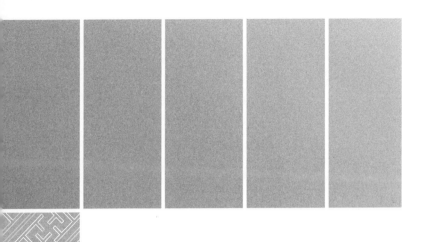

제3부
산사랑 가족사랑

민둥산 억새풀

가파른 길 완만한 길
갈림길 흩어져도
한 곳으로 모이네

울긋불긋 곱게 물든
가을 단풍길
등산객과 어울려

위부터
아래로 저마다 몸치장하고
색깔 뽐내며
손님 맞을 준비에
뻗어난 잎이 살랑대고 있지

산 중턱 오르니
어~억새풀
합창소리
가을 햇볕 반짝이는 하얀 솜털
민둥벌 펼쳐 있는 억새밭이 좋아
헤집고 가는 발길

가을에야 제 모습 드러내는 억새
해가 지나도
왜 이리 자라지 못하는지
밟히고 쓰러진 억새풀
뭇사람의 쉼터로 변해가네

월출산月出山에서

영암 월출산
바위 전시장 같은 국립공원
호남의 소금강

천황봉에서 내려다본
서남해 바다 고깃배
만선滿船 꿈 싣고 오가네

임진왜란
군량미 제공하고
월출산 정기 받아
충무공 승리했다지

강진 병영兵營
군사 훈련 터
배고픔 서러움 달래며
월출산 보고 빌었다 하고
이 땅에 평화가 오도록

해남, 강진, 장흥 뜰 거느리며

농사 잘 되도록
돌봐주는 월출산

호남평야 풍년 들게
천황봉 올라 달맞이하네

눈 산행

하얀 눈꽃
온 세상 덮었다

앙상한 나뭇가지
솜털로 감싸고
길도 없는 산길
발자국 따라 오르는 산길

설원의 찬바람 더욱 시리지만
바람 잦은 모퉁이엔
봄이 온 듯 훈기가 돈다

뽀드득 뽀드득
상큼한 멜로디
지친 발걸음 녹여준다

왕벌 따라 무리 짓는
울긋불긋 등산객
소리 없이 내리는 눈 사이로
온갖 시름 떨쳐내고

눈바람 타고 오른다

칼바람 눈보라 헤쳐
정상 오르면
어느새 후끈후끈
우뚝 서는 정상
자존감의 충만함이여

산을 오르네

왜 산에 오르는가
산이 좋아 갈 뿐이다

자주 오르지 못한 탓에
힘들고 지치고
나무 뿌리에 채여 발목 아파도
산이 좋아 오른다

계곡의 맑은 물방울
바위를 휘감고 돌아
한자리 모였다가
다정한 짝 이루어
다시 바쁜 길 재촉한다

정상에 오르면
온통 내 세상
어렵고 힘든 일 모두 잊고
구슬땀 바람에 훌훌 털어 날린다

봄 야생화

시원한 여름 계곡
가을 단풍
눈 덮인 겨울

계절 바뀔 때
변화무쌍의 아름다움이여

보듬고 잘 가꾸어
내일을 기약한다

한해를 보내며

– 설악산 추억

설악산 대청봉

싸늘한 늦가을 밤
성당 앞마당 옹기종기 모여
야간 산행 얘기꽃 피우고

차안에서 목베개로 잠자며
뒤척이고 길 잃고 헤매다
꿈 속에서 산을 만난다

등산화 조이고
가파른 길 불 밝혀
일행 놓치지 않으려
앞 사람 따라 오른다

가쁜 숨 몰아 쉬며 힘겹게 올라
기진맥진의 순간

아! 대청봉이다
어렴풋이 들려오는 소리

우뚝 솟은 바위 봉우리
스쳐가는 구름 사이로 돌 표지석이
우리를 반긴다

올 한해 무사 산행 축배 들며
대청, 중청, 끝청, 한계령으로 잇는
늦가을 추억의 설악산

산사랑 드높여 새해를 맞으리라

부부의 날을 맞아

잃어버린 세월도
환하게 빛으로 물들어
내 가슴 속 스며드네

힘들고 지친
당신 모습
지난날 다 잊어버려요
행복할 수 있나요

열심히 살아온 당신
행복할 권리가 있어요
나는 믿어요

몸도 마음도 건강하게
우리 부부 행복할 수 있어요
사랑하니까

언제나 함께
굳은 믿음으로
사랑을 이어가요

더 일찍 알았더라면

모두가 날 버리고 떠나

혼자라고 믿었네

날 기억하고 있는 당신

바로 내 곁에 있었는데

지난날 생각하면 허탈한 마음

아픈 상처 다독이는 당신

더 일찍 알았더라면

내 인생은 달라지고

난 다르게 살 수 있었을 텐데

떠올리고 싶지 않은 상처

언제쯤 지워질 수 있을까

내 인생에 절망만이 아니었음을

이제는 믿고 살아가고 싶다

참 행복

오래 누릴 것만 같던 삶
어느새 노년의 문턱에 이르니
몸과 마음 따로 놀자 하네요

이제부터는
나는 새처럼 자유롭게
미처 부모님께 못했던 말
사랑해요
고마워요
말할 수 있으리

어렵고 힘든 이웃에게도
위로의 말 한마디
걱정하지 마
다 잘 될 거야

돈이 많아야 행복일까요
어느 때나 할 수 있는 작은 실천
그것이 참 삶인 것을

작은 위로

삶이 지치고 힘들 때
내 곁에서 늘 위로하는
당신 말 한마디

그 한마디에
용기를 얻고 다시 일어섭니다

묵묵히 뒤에서 지켜보며
마음의 상처 끌어안아 주는
당신이 있기에
나에겐 힘이 되지요

언제나 변함없이
희망 주는
따뜻한 웃음

당신의 그 미소가
그토록
내 마음 기쁘게 해 준답니다

꽃보다 고운 영혼

봄 알리는 바람꽃
개나리 진달래보다
먼저 알리고 싶은 게지

봄이 되면 다짐해 보네
말보다 행동으로
마주보기 하루 세 번

아내 바가지 긁어도
늦은 밤 자식 발자국 소리
손주 녀석 칭얼대도

너의 외로움을 달랠
또 다른 존재
오직 사랑이 있다는 것을

사랑해—
목 길게 빼고 외쳐 보지만
쑥스러워지네

꽃보다 고운 사랑을 심어준
너의 맑은 영혼

내일은
보다 뜨거운 사랑에 빠져 보련다
더 큰 사랑을 담아

그 목소리

생각하면
지금도 설레는 가슴
어디선가 들려오는 환한 목소리

기대에 찬 발걸음 내딛으며
주인공이 되었을 때
누가 외쳤느냐 그대의 행복
지금부터 시작이라고

백년해로 서로 등 토닥여 사랑하며
아들 딸 낳고 알콩달콩 살아가리

결혼기념일−
가슴 뛰게 하는 또 다른 시작
그 목소리 지금도 또렷하다

손녀 인서가

나무는 서 있는 거야
움직이면 죽는 거래
잠은 언제 자나
잎이 떨어져서 춥고 아프겠다

현수막 걸쳐 있는 것을 보고
이불을 덮고 있어
나무가 추운가 봐
손 꼭 잡고 있네

회양목을 보면서도
작은 나무는 잎이 안 떨어지나 봐
언제 떨어지는 거야

생기 돋는 봄이 와
잎이 무성해지면
작은 나무는 쉬어야 해

푸른 하늘 뭉게구름 피어날 때쯤
유치원 가서 희망을 안고
씩씩하게 뛰어 놀 테지

당신을 기다리며

사랑이 변했나요
식어가나요
영원히 변치 않을 사랑
꿈속을 헤맵니다

애틋한 사랑
그리움은
기다림으로 변해 가고

벼랑 끝 바램
따스한 봄날
쌓인 눈 녹을지라도
변하지 않는 내 마음

그래도
오직 당신만이 아는
나의 허전한 마음 한구석

꼭 채워 주리라 믿어요

사랑해

물안개 피어오르는 호숫가에서
주마등처럼 스쳐가는 추억

내가 처음 만난 그녀 향기
변함없는 미소
여기서 또 만나네

지난 날 많은 사연
고달프면서도 달콤했지

이제 서로 등을 맞대고
믿음이 힘이라는 걸 알게 되었지
이 소중한 추억 깨닫게 해 준 내 사랑

촌스럽고 우스꽝스럽다 해도
내 사랑 놓을 수 없다면
더 많이 사랑할 거야

사랑의 스카프

여보
선물 받으세요

국정원 나들이
슬프고 가난했던 과거를
뒤돌아봐도
생각하고 싶지 않은 일도 있지만
어쩔 수 없는 현실 아닌가

상품기획관
NIS 붙이고
저마다 고운 맵시 자랑하며
빨리 팔리고 싶은 기대로 반짝인다

어느 것이 아내 마음 사로잡을 수 있을까
연초록 연두색 좋아하는 아내
원피스에 스카프 걸친 젊었을 적 모습
설레임과 그리움 스쳐간다

당신 선물

스카프 사 왔어요
보지도 않고
'방문기념품' 아니예요
말 한마디에
기대감이 씁쓸함으로 변하고 말았었지

아름다운 동행

저녁 먹고 공원 산책
그대 머릿결 풋풋한 내음
시원한 바닷바람 느껴 보고 싶다

모든 것에 감사하며
작은 사랑도 나누며 살고 싶고
누군가를 사랑한다는 것
그게 뭔지 이제 알 것 같은데

내게 기회를 준다면
난 다르게 살 거야
아무 것도 가진 게 없이
초라하고 가난할지라도
그대 곁에 머무는 삶

미처 알지 못했던 작은 행복들
함께 누리는 기쁨
아름다운 동행

시간을 돌릴 수만 있다면

제4부
삶의 바깥세상

수지구 탁구대회에 부쳐

톡탁 톡탁 리듬 맞춰
탁구대를 넘나드는 작은 공
말없는 침묵 속에서도
선수들의 눈빛은 빛나고
간단없는 공격과 수비
팽팽한 접전 끝에 드디어
승리의 환호소리 터진다

셀룰로이드 작고 가벼운 공
장난처럼 대하지 말라
공격에 드라이브와 푸싱
수비에도 침착한 찬스 포착
상대방의 의표를 찌르는 기술
무궁무진 조화의 스포츠란다

일찍이 우리의 국위를 선양한
사라예보 승전보가 귓전 울리고
세계를 정복한 이에리사와 정현숙
선배들의 뒤를 잇는 젊은 선수들
오늘도 땀 흘리며 올림픽 무대 향해

금빛 메달의 꿈을 키우고 있다

손 안에 쏙 드는 하얀 공의 세계
회전이 많고 속도도 빨라
두뇌 회전, 체력단련에 좋아
생활 스포츠 총아로
온 국민의 사랑을 받고 있다

수지구 탁구인들이여,
더없이 굳센 체력, 올곧은 정신으로
언제나 우의를 다지며
탁구인의 명예를 위해
힘써 나아가리니
그대들의 자랑스런 꿈과 희망
끝없이 빛나리라
한없이 펼쳐지리라

승마인의 밤을 기리며

올림픽 경기의 빼어난 모습
오직 동물과 함께하는
흥미롭고 숨가쁜 승마구나

과천 승마공원 쌀쌀한 날씨 속
올해 마지막 전국승마대회
흰바지, 검은색 부츠, 모자, 상의에
날씬한 몸매 늠름한 선수들

장애물 경기땐
말이 싫어하는 연못도 만들고
바—도 이중으로 설치하고
준비, 도약, 비월, 착지
힘의 강약 리듬에 맞춰
빨리 뛰어 넘어 들어와야 한다네

노련한 선수
살짝 살짝 넘으며 힘도 안 들이는데
시간 단축하려 맘 조이지
부저소리 울리는 가운데 무감점 1위로 골인

함성과 박수의 도가니

선수 따라 움직이는 경주마
어려운 장애물 가볍게 뛰어
숨가쁘게 다투어 골인하는 선수들 격려 박수
모두 모두 함성 속에 우렁차차

덩치 큰 말과 함께
건강한 몸과 맘으로
한국 스포츠를 빛낸 한 해
박수로 기리는 승마인의 밤
다 같이 기뻐하며 축배를 드세나

축령산 시산제

- 좋은 사람들 산악회

빙그레 웃는 돼지머리 앞에 놓고
산악인들 한자리 모여
무사산행 기원하는 시산제

자연환경 보호하고 산을 사랑한다
안전산행 위해 서로 노력하고 협력한다
산악회 발전과 산악인의 행복을 기원한다

축령산
앞쪽 바라보며 나라 걱정하고
훈련 전술 쌓았던 남이 장군
남이바위만 남아
유비무환有備無患 되새기고

새벽 내린 눈
온통 하얀색으로 변해
우리를 반기네

나뭇가지 얼어붙어 서리꽃 피고
빙판길 미끄러져 뽀드득

산기슭 부는 바람
야생화 진달래
움트며 속삭인다

고로쇠骨利水 한 모금
더부룩한 뱃속 깨끗이 씻어내고
올 한해 자연을 아름답게
안전산행 빌며 촛불 밝힌다

잠의 그늘

잠이 오질 않는다
이 생각 저 생각에
멀리 달아난 모양이다

욕심이 넘쳐
잠을 뺏어 갔구나
산다는 것은
무엇인가

허전한 마음 비워내고
채워가는 생명의 잠
목숨을 위해 벌이는 전쟁
한낱 장인匠人의 사치이런가

달콤한 잠길
깨어나고 싶어도 깰 수 없는
깊은 잠 이루고 싶다

잠 자며 잉태를 꿈꾸다
제물에 지쳐

다시 태어나는 삶

산다는 것은 진정
잠을 자는 것인가
꿈을 꾸는 것인가

중산층 바로미터

한국 중산층
부채 없는 30평 아파트
연봉 육천만원 이상
중형승용차 소유
예금잔고 일억 이상
일년 한 차례 해외여행

프랑스
외국어 하나 마스터
직접 즐기는 스포츠
악기 다룰 줄 알고
다른 맛내는 요리솜씨
약자 도우며 봉사활동

영국
페어플레이
자신의 주장과 신념
독선적 행동 금물
언제나 약자 편에서
불의, 불평, 불법에 결연히 대처

우리네 삶이
물질만능주의의
체면에 빠져 안타깝네

눈에 보이는 것보다
정신적 가치를 추구하는 모습
거울로 삼아야 하지 않을는지…

성모의 밤 헌시

향기로운 꽃내음 가득한
아름다운 계절, 성모 성월입니다

오늘밤. 어머니 동산에 모여
또 한 번 당신을 생각합니다

누구보다도 정직하게
주님을 위해 자신의 모든 것을 바치며
순명의 일생을 살아오신 어머니

모진 박해 고난 속에서도
한 올 티 없는 삶 살으시고
주님 곁으로 불러올림을 받으신
사랑하올 어머니시여

날마다 얼굴 찌푸리며
하찮은 일에도 괴로움 드러내는
저희들 어리석음을 다독여 주시는
자애로우신 어머니시여

이 밤 저희들은 복되신 어머니 앞에
감사와 기쁨의 눈물을 흘립니다

일년 365일 어둠 속에서도 홀로
성전을 지키시는 어머니 앞에
정성스레 꽃다발을 바칩니다

변함없는 사랑, 저희들 나약한 신심
붙들어 주시고 넉넉한 믿음의 샘물로
더더욱 목마르지 않게 하여 주소서

저희들 연약한 손길 잡아 주시고
허전한 일상에서도 희망의 등불 밝혀
메마른 가슴 사랑으로 채워 주소서

오직 사랑이신 어머니
동정 마리아시여!

철쭉꽃 시낭송회를 마치고

오월 철쭉꽃 시낭송회
광주시 남종면 귀여리
은빛 물결 반짝이는 한강변
두물머리 연꽃도 봄 맞을 채비를 한다

소나무 푸르름 더해 가고
풀나무도 새싹 뾰족이 올라와 맵시 자랑
노오란 민들레 손 흔들고
보랏빛 제비꽃 꽃다지 방긋거리며
연분홍 살구꽃도
친구하자 반긴다

철쭉꽃, 연산홍
꽃, 잎, 누가 먼저일까
경쟁하며 솟아오르고

살랑대는 바람에
봄향기 싣고
낭랑한 시낭송 퍼져 나간다

시, 음악, 자연과 어울림
감미로운 색소폰 소리에
봄의 교향곡 흘러나오니
연인과 속삭이듯
철쭉꽃 속으로 젖어드네

텁텁한 막걸리 한잔
다 함께 축배 들며

아름다운 시낭송회 오래도록 이어가길…

파도가 되고 싶다

살아 있는 숨소리
들을 수 있어 좋다

철썩 철썩…
온갖 시름 씻어내는 파도

잔잔한 날은 널찍한 수영장
거칠어진 날이면
아픔 씻어내는 바다

하얀 요트가 파도를 타고 넘는다
바다가 조용히 가슴 속으로 스며든다
바람에 돛을 올리며

스르르 쏴아 밀려오면서
하얀 모래에 기대는
파도소리 들으며

더 이상 슬퍼하지 않으리
애틋한 추억 내리는 모래톱 앉아
밀려오고 쓸려가는 파도소리 들으리

관상
– 영화를 보고

왕의 얼굴
타고 나는가

이조시대
단종 즉위 놓고
김종서, 수양대군 세력 다툼
관상으로 풀어보려는
후세 사람들 치기는 아닐는지

영화 대박났지만
호기심 일으킨 관상타령
성형 수술한다고
달라질 곳 있는가
세상살이 안타깝구나

적통 대군
점지된 왕의 자리
관상으로 바꿀 수 없는 것은
타고난 운명

완도항에서

이른 새벽
제주행 여객선 불 밝히고
등댓불 반짝이는 완도항
짐 꾸린 여행객
삼삼오오 짝 이뤄 모여드네

희미하게 멀어져가는 어둠 속
부산하게 들려오는 뱃고동 소리
물고기 가득 싣고 들어오는 배
어구漁具 손질하는 이
물보라 출렁이는 파도
나는 갈매기떼 뱃길 따르네

만선식당에 바다 그림 한폭
그 바다 한가운데
출렁이는 아침 노을을 보네

그물에 걸려든 물고기
몸 뒤척여 번뜩이면
얼씨구 신나는 어부들 재빠른 손동작

만선 꿈 싣고 오고 가는 배
오늘도 드넓은 바다 누비고 있네

교통정리

일주일 하루
주님의 날
한 주간 반성과 성찰하는 시간을 갖는다

미사에 늦은 신자들
자동차도 바쁘다

신호도 잘 안 보이고
차선도 희미하다
허둥지둥 도착
주차 공간이 없구나

주차봉사 요원
그곳에 주차하면 안 됩니다
일방통행 지역입니다
차선 바짝 주차시켜 주세요

좋은 말이 오가다
언짢은 소리로 돌변
이 차 한 대만 잠깐 안 될까요

상대방은 전혀 생각 않는다
한바탕 회오리바람이 불고 나서야
정신 차린다

배려하고 이해하면서 살아갈 때
사람도 차도 편하지 않을까

두 바퀴 즐거움

바람을 가르며
앞으로 내닫는다

강가의 가로수를 스치며
힘차게 페달을 밟는다

오르막에선
뒤꽁무니를 살짝 들어 올리고

산모퉁이 돌아 내리막에선
한숨 길게 뿜어내며 달린다

오르막이 있으면
내리막이 있어 공평하다

인천 출발하여 아라뱃길 따라
한강을 가로 질러
부산 을숙도까지 칠백여 킬로미터

한강과 낙동강을 잇는 문경새재

옛 철교 위를 달리며
터널을 빠져 나가는 즐거움까지

화창한 봄기운에 가슴을 열고
흐르는 세월 거꾸로 하고 싶다

서예가의 혼

시골 호젓한 산기슭
절에 걸린 액자
누가 쓴 것인지
오래된 글씨 한 점
빛바랜 낙관이 희미하다

일체유심조一切唯心造
모든 것이 마음 먹기에 달렸다며
주지 스님
해석하고 설명하기 바쁘다
서예가의 예술혼이
마음 속에 젖어들고…

수천의 털끝 모毛
먹물 머금고 하나 되어
정성 들여 써내려간 문장들이여

한 번 획하니 쓴 것 같지만
밀고 당기며 세우기를 반복하고
완성하는 붓글씨

한 치의 실수 용납 않는 서예

마음에 드는 서체書體 골라

일필휘지一筆揮之

한 번 근사하게 써 보고 싶다

독도는 말한다

수만 년 전 동해바다 깊은 곳
찬란한 아침 해 떠오를 때
바다 밑 지각을 뚫고
힘차게 솟아올랐지
불기둥에서 뚝 떨어진 동, 서도
작은 불덩이는 수십 개 바위섬 거느리고
모진 비바람에도 자랑스럽게 버텨 왔구나
스스로 달래며 목울음 삭히지만
거친 파도 갈매기떼
독도는 한국땅이라고 소리 높여 외치네
경상북도 울릉군 울릉읍 독도리 산 1-37
신라 지증왕 13년 우산국으로 한 가족
일제 36년의 설움
핍박 받은 괴로움 어찌 다 말하리
나의 옹어리진 가슴 풀어다오
검푸른 파도야 갈매기들아
너는 알고 있지 않느냐
어서 가서 전하거라
다케시마는 내가 아니라
너희 나라 앞바다에 있는

이름 모를 섬이라고
동해 독도, 남해 이어도, 서해 백령도
우리 삼형제 더 이상 괴롭히지 마라
대한민국 품안의 영원한 고향이거니

뿌리를 알아야지

모시 심고
길쌈하고
신라에서 건너간 씨앗 자란 들판이
무사시노(武藏野) 아니던가
영일만 돌아 울산만 벗어나면
일본으로 가는 뱃길
이시미(石見) 이즈모(出雲) 해안
일본땅 나라 세운
신라인 스사노오노미코트가
지배한 옛 터전

동해바다 거친 파도 넘어
사시사철 교역
번창하게 이루어지고
농기구, 철기에 도자기며
불교문화까지
풍요로운 생활 이어져
생겨난 신라군新羅郡
수천 년
비바람 몰아치고 출렁이는 바다

역사를 바꿀 수 없다
신라에서 건너간 문화
씨 뿌리고 자리 잡은 곳

오늘도
동해 건너 일본땅에 깃들이고 있다네

출사出寫 가는 날

어렸을 적
소풍가는 날
밤잠을 설치곤 했지

자연과 만나는 기쁨에
가슴이 설레인다

왜목마을 해돋이
새벽잠을 깨운다

어선은 아랑곳 아니 하고
고기잡이
출어 준비

어둠 속에
기다림에 들떠 있던 순간
빨간 불덩이가 솟아오른다

희망찬 하루 밝혀주기 위해 솟는 너
누구를 위해 그리도 붉히는가
출사의 기쁨 축복이라도 하는 걸까

민족의식 승화와 서정의 조화미 구현

— 류재덕 시집《바람, 길목에 서다》의 시세계

홍 윤 기

문학박사 · 국제뇌교육대학원 국학과 석좌교수

류재덕 시인의 시집《바람, 길목에 서다》를 논하기 전에 먼저 나와 용인문단 시대를 잠시 돌아보게 된다. 내가 용인 쪽에 발을 딛게 된 것은 10여 년 전 김태호 시인이 용인 땅에 터줏대감으로 눌러앉게 되면서부터인데 당시 김태호 시인은 문하에 '명륜문학회' 라는 이름의 동인 10여 명을 지도하고 있었고, 우연한 기회에 이 사람도 동인들 상대로 특강을 하게 된 인연 따라 슬며시 곁다리로 들어선 듯싶다.

이 즈음 류재덕 시인은 죽전도서관 시청각실에서 시낭송회를 개최하여 지역 주민들의 정서함양은 물론 지역 문화 발전에도 상당부분 기여하면서 또 다른 동인 '죽전시문학회' 를 결성하여 회장으로서 역시 김태호 시인을 모시고 남달리 성실하게 시업詩業에 임하고 있었다.

특히 본인이 창간하여 발간해 오던 문학잡지 『한국현대시문학』 신인상(2012 가을, 제15호)에 〈서각書刻〉〈출사出寫 가는 날〉〈독도에 살고 싶다〉 등이 당선되어 시인으로 등단한 후에는 민족의식을 담은 주목할 만한 시편들을 산출産出하면서 그 문재文才에 걸맞게 이후 용인문인협회 회장으로 피선되어 참으로 왕성하게 문단활동을 하고 있다.

이번 시집에서도 어김없이 민족의식을 동반한 겨레의 얼을 승화시키는 시작詩作 솜씨를 내보이며 빛나는 서정화 작업으로 조화시켜 독자들의 흉금을 잔잔하게 정화精華시키고 있다.

다음 작품 〈뿌리를 알아야지〉에서는 그 옛날 동해바다를 건너가 왜나라 섬땅에다 신라군新羅郡까지 이룩한 우리 조상님들의 족적이 자랑스럽게 전개되고 있는데 민족의식 차원에서도 공감도를 더욱 드높여 주고 있다.

　　　모시 심고
　　　길쌈하고
　　　신라에서 건너간 씨앗 자란 들판이
　　　무사시노(武藏野) 아니던가
　　　영일만 돌아 울산만 벗어나면
　　　일본으로 가는 뱃길
　　　이시미(石見) 이즈모(出雲) 해안
　　　일본땅 나라 세운
　　　신라인 스사노오노미코트가
　　　지배한 옛 터전

동해바다 거친 파도 넘어

사시사철 교역

번창하게 이루어지고

농기구, 철기에 도자기며

불교문화까지

풍요로운 생활 이어져

생겨난 신라군新羅郡

수천 년

비바람 몰아치고 출렁이는 바다

역사를 바꿀 수 없다

신라에서 건너간 문화

씨 뿌리고 자리 잡은 곳

오늘도

동해 건너 일본땅에 깃들이고 있다네

– 〈뿌리를 알아야지〉 전문

　그렇다. 지금부터 약 2천 년을 전후前後로 하는 아득한 '야요이시대' 부터 신라인들은 일본열도 서부 해안지대를 개척한 것이, '이시미(石見) 이즈모(出雲) 해안' 일대이며, 나아가 잇대어 내륙으로 꾸준하게 진출하여 널찍하게 터전을 잡았다.

　그러기에 "모시 심고/ 길쌈하고/ 신라에서 건너간 씨앗 자란 들판이/ 무사시노(武藏野) 아니던가". 내가 오랜 기간 동안 일본의 역사문화 탐방차 일본 각지를 답사하면서 조사한 신라인 점

거지역의 명칭을 살펴보면 다음과 같다.

辛國, 白木, 白石, 白磯, 白鬚, 白國, 白城, 志樂, 信樂, 設樂, 志良岐, 信露貴, 新露貴, 新羅郡 등등이 있는데, 고대 신라인들은 일본 섬땅 구석구석까지 파고들어 신라인들의 벼농사법을 보급시킨 농업문화며 대장간 등 철기문화, 나아가 한민족의 뿌리 깊은 온갖 선진문화를 미개한 왜인들의 터전에 심어주었던 것이다. 이러한 사실은 일본의 저명한 역사학자 오토 마사히데(尾藤正英) 교수의 저서 《日本史》(東京書籍, 1990)에 상세하게 기술되어 있다.

수만 년 전 동해바다 깊은 곳
찬란한 아침 해 떠오를 때
바다 밑 지각을 뚫고
힘차게 솟아올랐지
불기둥에서 뚝 떨어진 동, 서도
작은 불덩이는 수십 개 바위섬 거느리고
모진 비바람에도 자랑스럽게 버텨 왔구나
스스로 달래며 목울음 삭히지만
거친 파도 갈매기떼
독도는 한국땅이라고 소리 높여 외치네
경상북도 울릉군 울릉읍 독도리 산 1-37
신라 지증왕 13년 우산국으로 한 가족
일제 36년의 설움
핍박 받은 괴로움 어찌 다 말하리

나의 응어리진 가슴 풀어다오

검푸른 파도야 갈매기들아

너는 알고 있지 않느냐

어서 가서 전하거라

다케시마는 내가 아니라

너희 나라 앞바다에 있는

이름 모를 섬이라고

동해 독도, 남해 이어도, 서해 백령도

우리 삼형제 더 이상 괴롭히지 마라

대한민국 품안의 영원한 고향이거니

– 〈독도는 말한다〉 전문

이 시로 하여 우리 민족의 심장에 깊숙이 안겨 있는 '한국땅 독도'의 역사가 류재덕 시인의 가슴 깊은 곳으로부터 발현되어 우리 독자들의 심금을 뜨겁게 울려주고 있다. "독도는 한국 땅이라고 소리 높여 외치네/ 경상북도 울릉군 울릉읍 독도리 산 1-37/ 신라 지증왕 13년 우산국으로 한 가족/ 일제 36년의 설움/ 핍박 받은 괴로움 어찌 다 말하리/ 나의 응어리진 가슴 풀어"달라며 기원한다.

그리고 류재덕 사백詞伯은 우리 모두와 함께 다시금 강렬하게 다짐한다. "동해 독도, 남해 이어도, 서해 백령도/ 우리 삼형제 더 이상 괴롭히지 마라/ 대한민국 품안의 영원한 고향이거니"라고. 그렇다. 일본의 역사왜곡은 눈 가리고 아웅하는 처사와 진배없다.

독도는 한국땅임을 생생하게 만방에 선포하고 있어서일 뿐만 아니라, 세계적으로도 오래된 외국지도를 살펴보면 분명히 '독도'는 한국땅으로서 뚜렷하게 자리 잡고 있다.

버들가지 흔들며
새싹 틔우는 소리
봄 소식 전하는구나

높고 낮은 기압골
먼 남쪽 바다에서
바닷길 열며 태풍 안고 오네

혼자서는 외로워
비, 구름, 안개
언제나 몰고 다니지

하늘 높은 가을엔
너 홀로 오렴
외로운 들판에
꿈꾸는 허수아비 있으니…

눈 덮인 설원
휘몰아치는 바람
그래도 끝자락 언덕

무지개 뜨겠지

- 〈바람, 길목에 서다〉 전문

　고적감孤寂感으로 충만된 류재덕 시집의 표제시 〈바람, 길목에 서다〉는 그야말로 "버들가지 흔들며/ 새싹 틔우는 소리/ 봄소식 전하는구나"와 더불어 한국적 서정미가 가슴에 물씬하게 젖어든다. 더욱이나 "혼자서는 외로워 언제나/ 비, 구름, 안개" 몰고 다니는 풍토적 고적감을 극복하려는 긍정적인 결어는 "눈 덮인 설원/ 휘몰아치는 바람/ 그래도 끝자락 언덕/ 무지개 뜨겠지"라는 소망스런 메타포로써 눈부시게 꽃핀다.

　여기서 잠시 회화적으로 평한다면 러시아 태생의 프랑스 화가 마르크 샤갈(Marc Chagall, 1887~1985)을 빌어 살펴보게 되는데, 즉 詩는 상식적인 판단에 따라가면서 정통적인 오소독스(orthodox, 프랑스어)한 코스로 나아가야 하되, 한편으로는 자기의 개성을 독창성으로까지 드높이는 '기묘한 맛'을 추구하지 않으면 안 된다. 그런 견지에서 만약 샤갈이 살아 있었다면 이 시 〈바람, 길목에 서다〉를 읽고 한국시인 류재덕을 크게 찬양했을 것으로 보고 싶다. 실은 금년(2018) 4월부터 지난 8월까지 M 컨템퍼러리 아트센터에서는 「한겨레신문」 창간 30주년 기념으로 마르크 샤갈 특별전 '영혼의 정원전'이 성황리에 열렸었다는 사실도 부기해 둔다.

　　하얀 메주콩 잘 씻어
　　푹 삶고 불려

물기 빼고

담요 이불 뒤집어 씌워
며칠 띄우면
발효되는 메주콩

콩 속에서 끈끈하게 쭉−
나오는 실
신진대사 도움에 항암 뇌졸중 예방까지
효험 있다는데

두부 숭숭 썰어 넣고
간 맞추어 끓인 청국장

겨울철 이만한 음식 또 없다네

−〈옛날의 맛〉 전문

　한민족의 미각을 돋우는 오랜 전통의 상징성 식품 된장은 일
찍이 고구려 때 일본으로 건너갔다. 그런 역사적 사실은 일본
교토부립대학 사학과 가토와키 데이지(門脇禎二) 교수 등등, 일
본의 저명한 역사학자들의 연구로써 진작부터 널리 알려져 왔
는데, 그보다 더 중대한 사실은 "콩 속에서 끈끈하게 쭉−/ 나
오는 실/ 신진대사 도움에 항암 뇌졸중 예방까지/ 효력 있다는
데// 두부 숭숭 썰어 넣고/ 간 맞추어 끓인 청국장"의 진미珍味,

과연 그 참맛을 일본 고대사학자들이 이른바 일본 된장국물 '미소시루'(味曾汁) 맛으로써 대신하여 대변代辯할 수 있을는지. 때마침 겨울철이 가까워오니 필자도 우리 청국장의 깊은 맛이 떠올라 그 미각이 진하게 느껴진다.

문득 류재덕 시인과 함께 가까운 날 어디 청국장 잘 끓이는 음식점에 가보고 싶어지는데, 그야말로 조상님 단군 이래 고조선 민족의 서정적抒情的 참맛眞味이 그립다고나 할까. 역시 좋은 시의 깊이는 한민족의 구수한 된장 맛으로 짙게 녹아드는 것 같다. 그러면서 이제는 그윽한 향수로 느껴지는 '봄 물레'를 느긋하게 돌려 보고 싶어진다.

    겨우내 얼었던
    몸과 맘
    따스한 봄빛 따라
    두부 김치에 소주 한잔
    웃음꽃 피네

    내 고향 남쪽 바다
    애창곡 흘러나오면
    콧노래 흠흠
    어깨춤이 덩실덩실

    동구밖 과수원
    가지 치는 손길에

움 트는 새싹
물레 잣는 소리

눈 녹인 들판으로
맑은 물길 흐르고
가을걷이 풍성함을 맞으리라

봄 물레가 돌아가네

- 〈봄 물레〉 전문

 한민족의 정서가 짙게 느껴지는 물레를 잣는 소리 들으며 "동구밖 과수원/ 가지 치는 손길에/ 움 트는 새싹/ 물레 잣는 소리// 눈 녹인 들판으로/ 맑은 물길 흐르고/ 가을걷이 풍성함을 맞으리라" 기대해 본다.

 이와 같은 시인 류재덕의 소망에 찬 메타포의 은은한 메시지는 많은 독자들에게 감동적으로 널리 평가되리라 본다. 왜냐하면 메타포라는 것은 때로는 그것이 딱 알맞게 적중하면서 눈물겨운 감동을 안겨주게 되는데 메타포의 아름다움과 언어의 아름다움에 감동하는 것은 곧 시의 이미지를 통한 감동이요 즐거움이 되기 때문이다.

 이미지라는 것은 일찍이 T. E. 흄(Thomas Ernest Hulme, 1883~1917)이 '시의 이미지즘(imagism)'을 외치면서 세계로 널리 전파된 것이기도 하거니와 명시名詩는 눈에 보이지 않는 것을 이미지를 통하여 독자들에게 보이게 하여 주는 불가시不可視의 가시

화작업可視化作業이다.

　그러기에 류재덕 시인의 이미지즘 시화詩化 작업은 〈봄 물레〉
를 거치면서 모든 독자들에게 깊이 인식되어 이 시간부터 이미
성공으로의 가시화可視化의 길목에 들어섰다고 해도 지나친 말
은 아닐 것 같다. 더불어 류재덕 시인의 대성을 기대해 본다.

류재덕 시집

바람, 길목에 서다

•

지은이 / 류재덕
발행인 / 김영란
발행처 / **한누리미디어**
디자인 / 지선숙

•

08303, 서울시 구로구 구로중앙로18길 40, 2층(구로동)
전화 / (02)379-4514, 379-4519
Fax / (02)379-4516
E-mail/hannury2003@hanmail.net

•

신고번호 / 제 25100-2016-000025호
신고연월일 / 2016. 4. 11
등록일 / 1993. 11. 4

•

초판발행일 / 2018년 11월 10일

•

ⓒ 2018 류재덕 Printed in KOREA

•

값 10,000원

ISBN 978-89-7969-785-8 03810